AF296058

DEMETRIUS

TRAGEDIE.

POUR SERVIR

D'INTERMEDES

A LA PIECE LATINE.

Qui sera representée le 5 de Mars.

A PARIS

M. DC. LXXXV.

SUJET DE LA PIECE.

PHILIPPE Roy de Macedoine trompé par les fausses accusations & par les intrigues de Persée l'aîné de ses deux Enfans, fait mourir Demetrius son second fils qui venoit de remporter une grande Victoire. Tit. Liv.

Le Sujet étant le même que celuy de la piéce Latine : on a seulement changé dans la conduite du dessein l'ordre de quelques circonstances, ausquelles on en a ajoûté quelques autres qui sans s'écarter du Sujet pouvoient donner plus de lieu au spectacle & aux beautez de la Musique.

A ij

ACTEURS
Des Intermedes.

PHILIPPE, Roy de Macedoine.

PERSE'E
&
DEMETRIUS } Fils de Philippe.

PHILOTAS, Prince des Thraces, amy de Demetrius.

ANTIPATER, Confident de Philippe, amy de Persée.

UNE PYTHIE, ou Prestresse d'Apollon.

TROUPE de Songes agreables.

TROUPE de Songes funestes.

CHOEUR de Courtisans.

CHOEUR de Peuples.

GARDES.

La Scene est dans le Palais du Roy.

DEMETRIUS
TRAGEDIE.

PREMIER INTERMEDE.

PHILIPPE accablé de tristesse se jette sur un lit pour prendre un peu de repos : des songes agréables luy donnent d'abord un assez paisible sommeil ; mais d'autres songes terribles qui succedent à ceux cy le troublent & le réveillent en sursaut. Il combat d'abord contre ces ennemis imaginaires ; & s'appercevant ensuite que ce ne sont que des songes, il les neglige, de telle sorte qu'il prend cependant le parti d'être plus sur ses gardes que jamais.

SCENE PREMIERE.
PHILIPPE seul.

CIEL à quoy me réservez vous ?
Arrétez, arrétez vôtre injuste colere.

A iij

Que faut-il pour vous satisfaire ?
Accablé que je suis sous vos plus rudes coups ?
Barbares & Romains tout s'arme contre nous :
Un de mes deux enfans cherche à perdre son frere :
Roy malheureux, malheureux pere !
Ciel à quoy me reservez-vous ?
Arrétez, arrétez vôtre injuste courroux.

Mais je succombe enfin, la tristesse m'accable,
Le sommeil malgré-moy vient me fermer les yeux.
Ou donnez moy la mort impitoyables Dieux
Ou me rendez moins miserable.

Il se jette sur un lit de repos.

SCENE II.

PHILIPPE *endormy*,
TROUPE *de songes agreables.*

TROIS SONGES AGREABLES.

QUE tout cede au plaisir d'une profonde paix;
    Loin d'icy funestes allarmes.
    Ah ! qu'un doux sommeil a d'attraits !
    Ah! qu'un doux sommeil a de charmes !

PREMIER SONGE AGREABLE.

Unissez vous à moy petits Dieux innocens
    Compagnons de ma solitude :
D'un Prince infortuné charmons l'inquietude
    Par la douceur de nos tendres accens.

SECOND SONGE AGREABLE.

    Prince esperez un sort plus favorable
Le Ciel en un moment peut finir vos malheurs.
    Un doux repos, un repos agreable
Fait bientôt oublier les plus vives douleurs.

DEMETRIUS

La Fortune peut tout il faut que tout luy cede;
Mais son courroux fatal ne dure pas toûjours.
    Les tempestes ont leur cours
    Et le calme leur succede.

Le Chœur repete ces quatre derniers Vers.

TROIS SONGES AGREABLES.

Que tout cede au plaisir d'une profonde paix;
    Loin d'icy funestes allarmes :
    Ah! qu'un doux sommeil a d'attraits!
    Ah! qu'un doux sommeil a de charmes!

SONGES FUNESTES
Qu'on entend & qu'on ne voit point encore.

    Faisons tout trembler :
    Vengeance, vengeance.

TROIS SONGES AGREABLES.

    Ah! quel bruit vient nous troubler!
    Qu'elle violence !

SONGES FUNESTES.

    Vengeance, vengeance
    Faisons tout trembler.

TROIS

TROIS SONGES AGREABLES.

Fuyons ; cherchons ailleurs la paix & le silence:
[*Ils sortent.*

LES SONGES FUNESTES
entrent icy en chantant.

Vengeance, Vengeance :
Faisons tout trembler.

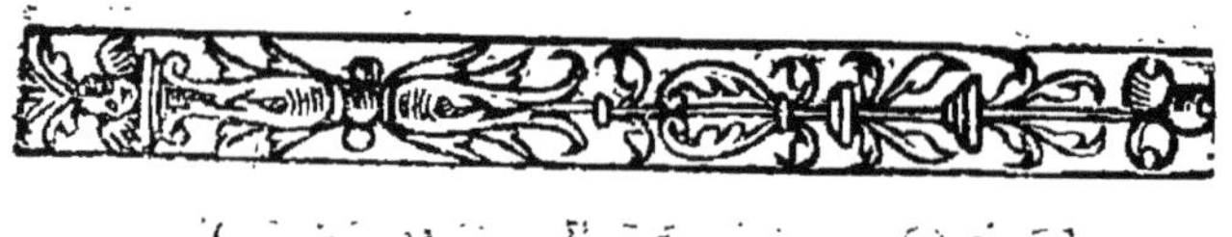

SCENE III.

PHILIPPE *endormy.*
LES SONGES FUNESTES.

PREMIER SONGE.

Tombe de ce degré suprême
Où te plaça le sang qui te fit naître Roy.
La couronne n'est plus à toy :

SECOND SONGE.

On t'arrache le diadême.

B

TROISIE'ME SONGE.

N'attens point de fecours...

PREMIER SONGE.

Contre la force qui t'opprime :
D'un peuple mutiné ...

SECOND SONGE.

Tu feras la victime.

TROISIE'ME SONGE.

Tremble.

TROIS SONGES.

Crains ;

TROISIEME SONGE.

Tremble ;

TROIS SONGES.

On en veut à tes jours.

SECOND SONGE.

Vois tu la tempeste
Qui s'apprête ?
Mille traits épars
Viennent de toutes parts
Fondre fur ta tefte.
Quel carnage !
Qu'elle rage !
Que d'affreux tourmens !
Evite l'orage :
C'eft eftre fage
Il eft encor temps.

CHOEUR.

Vois tu la tempefte
Qui s'apprête ?
Mille traits épars
Viennent de toutes parts
Fondre fur fa tefte, &c.

Les Songes fortent en defordre, & Philippe encore tout endormy, fe leve l'épée à la main comme pour les fuivre.

SCENE IV.

PHILIPPE *seul.*

QUE d'ennemis ô Ciel ! deffendez vôtre maître
    A moy Gardes, Gardes à moy !
Infolens, vous fuyez ! Ils viennent, je les voy :
    Tu mourras traitre. [*Il s'éveille tout afait.*
    Où fuis je ? qu'ai je vû paraître ?
Mon Palais plein de fang ; des foldats furieux !
    C'eft un fonge : tout eft paifible ;
Mais n'importe, fçachons ce qu'on fait en ces lieux.
    Peut-être ce fonge terrible
Eft un avis fecret que me donnent les Dieux.

Fin du premier Intermede.

II. INTERMEDE.

ANTIPATER un des Confidens du Roy fort attaché à Perfée, tâche en vain de rendre Demetrius fuſpeƐt auprés de Philippe ſon pere, qui venoit d'apprendre ſa viƐtoire, & la défaite des Thraces. Le peuple accouru au Palais au bruit de cette heureuſe nouvelle fait éclater ſa joye par des chants à l'honneur de Demetrius. Tous fortent enſuite par ordre du Roy pour aller au devant du Vainqueur.

SCENE PREMIERE.

PHILIPPE, ANTIPATER.

PHILIPPE.

CEssᴇ d'authoriſer un ſoupçon qui m'offenſe :
De mon fils accuſé je connois l'innocence :

Les Barbares luy font foûmis,
Rome fait avec nous une étroitte alliance :
Tant d'illuftres exploits luy fervent de deffenfe,
Et démentent fes ennemis.

ANTIPATER.

Vôtre fils s'eft acquis une gloire immortelle :
Rien n'égâle fa valeur :
Mais le plus grand cœur
N'eft pas toûjours le plus fidelle.

PHILIPPE.

Il n'eft point de verité
Qu'on ne puiffe noircir d'un trait de calomnie :
Mais, quoy que dife l'envie,
C'eft prouver fa fidelité
Que d'expofer fa vie.

ANTIPATER.

Ainfi vous negligez l'avis fecret des Dieux ;
Vous n'êtes plus touché de ce Songe funefte ?

PHILIPPE.

Celebrons du Vainqueur les travaux glorieux
La fortune aura foin du refte.

SCENE II.

PHILIPPE, ANTIPATER.
CHOEURS *de Courtifans & de Peuples.*

PHILIPPE.

Peuples, que les deſtins ont rendu mes Sujets,
    Venez, prenez part à ma gloire ;
Nos cruels ennemis ſont domptez pour jamais :
Mon fils les a vaincus, honorez ſa Victoire :
Par vos cris, par vos chants publiez ſes exploits.

GRAND CHOEUR.

Par nos cris, par nos chants, publions ſes exploits.

PETIT CHOEUR.

Chantons, chantons cent & cent fois :
Demetrius vient de briſer nos chaînes ;
Demetrius a fait ceſſer nos peines :
    Publions ſes exploits.

GRAND CHOEUR.

Chantons, chantons, &c.

DEUX COURTISANS.

Son seul nom de frayeur remplit toute la Terre
         Il fait trembler l'Univers :
            Les Barbares sont aux fers;
Non non , ne craignons plus les horreurs de la
     guerre.

PETIT CHOEUR.

Chantons , chantons , &c.

UN COURTISAN.

Il reduit des Tyrans qui méprisoient les Rois :
Il reünit les Grecs, & les forces Romaines.

UN AUTRE COURTISAN.

Nous étions accablés de rigueurs inhumaines :
     Vivons sous de plus douces Loix.

GRAND CHOEUR.

Chantons, chantons, &c.

DEUX COURTISANS.

Aprés des tourmens rigoureux
Goûtons une paix eternelle.

Quand

Qüand on a ressenty la fortune cruelle,
Il est doux de se voir heureux,
Et la saison nouvelle
Seroit moins belle,
Si l'hyver étoit moins affreux.

DEUX AUTRES COURTISANS.

Tout est en paix, ne craignez plus les armes:
Revenez, plaisirs, revenez.
Et vous, jeux innocens, ramenez tous vos charmes
Dans ces lieux fortunez,
Qui vous sont destinez.

GRAND CHOEUR.

Chantons, chantons, &c.

UN COURTISAN.

Il n'est point d'ennemis sur la terre & sur l'onde,
Que son bras tout puissant ne puisse desarmer:
Mais quand ils sont soumis, sa bonté sans seconde
Scait l'art de les charmer.
Quand on est la terreur du monde
Qu'il est beau de s'en faire aimer!

GRAND CHOEUR.

Quand on est la terreur du monde
Qu'il est beau de s'en faire aimer!

B

PHILIPPE.

C'en est assez , je connois vôtre zele :
Allez au devant du Vainqueur ;
Par vos cris , par vos chants , honorez sa valeur :
Partez ; le devoir vous appelle. [*Il sort.*

GRAND CHOEUR.

Partons , allons , le Vainqueur nous appelle
Chantons , chantons cent & cent fois :
Demetrius vient de briser nos chaînes ;
Demetrius a fait cesser nos peines :
Publions ses exploits.

Fin du second Intermede.

III. INTERMEDE.

PERSE'E irrité plus que jamais des honneurs qu'on venoit de rendre à son frere, contrefait une lettre dans laquelle l'Ambassadeur Romain promet à Demetrius de tenir des troupes prêtes à combattre au premier signal. Philippe à la lecture de cette lettre ne doute plus qu'on ne le trahisse. Aprés avoir ordonné qu'on dispose tout pour consulter l'Oracle d'Apollon, il fait entrer Persée; qui pour cacher sa trahison excuse d'abord Demetrius. On consulte l'Oracle : sous des termes fort ambigus, il donne seulement à connoître à Philippe qu'un de ses enfans luy veut ôter la Couronne. Surquoy le Roy qui interprete tout en faveur de sa passion ordonne qu'on mette Demetrius en prison.

SCENE PREMIERE.
PHILIPPE, ANTIPATER.

PHILIPPE *aprés avoir leu la lettre.*

VOus me trompés mes yeux, je ne vous crois qu'à peine.

C ij

Demetrius veut m'arracher le jour !
Mon fils pour prix de tant d'amour
N'auroit pour moy que de la haine ?
Vous me trompés mes yeux, je ne vous crois qu'à
peine.

ANTIPATER.

Il faut songer à se venger,
Quand la trahison est certaine.
Il ne faut plus rien ménager :
Il faut songer à se venger,
Quand la trahison est certaine.

PHILIPPE.

L'amour me parle en sa faveur,
Tout perfide qu'il est je suis encor son pere.
Je tâche vainement d'exciter ma colere ;
Je ne sens dans mon cœur
Qu'un vain effet de la douleur.

TOUS DEUX.

Ah ! qu'il est difficile
De voir perir ce qu'on a bien aimé !
L'effort qu'on fait est inutile :
En un moment on se sent desarmé.
Ah ! qu'il est difficile
De voir perir ce qu'on a bien aimé.

PHILIPPE.

Fais moy venir Perſée, & conſultons l'Oracle:
Avant de rien tenter ſçachons l'ordre des Dieux;
Mais pour cacher au Peuple un ſi triſte ſpectacle,
Qu'on s'aſſemble en ces lieux.

ANTIPATER. ſort.

SCENE II.

PHILIPPE ſeul.

POurray je en me vengeant voir mourir ce que
j'aime ?
Souffriray-je un ingrat ſans pouvoir me venger ?
La fureur & l'amour ſemblent me partager :
Si mon fils meurt, il faut que je meure moy-même ;
Et s'il vit plus long temps, je m'expoſe au danger,
De perdre la lumiere avec le diadême.
Faut-il ſouffrir l'ingrat ſans me venger ?
Faut-il en me vengeant voir mourir ce que j'aime?
On me veut enlever l'autorité ſuprême :
Lâche, ſans t'émouvoir tu peux l'enviſager ?
Mais helas, pour l'ingrat ma tendreſſe eſt extréme :
Mon cœur que ne ſçais-tu changer ?
Non : je veux ſauver ce que j'aime;
Vivons plûtôt ſans me vanger.
C iij

SCENE III.

PHILIPPE, PERSE'E.

PHILIPPE.

Mon fils, c'est en toy que j'espere:
Viens mon fils, vange moy du crime de ton frere.

PERSE'E.

Seigneur, écoûtés moins ces premiers mouvemens:
Peut-être, n'est-il pas si criminel qu'il semble.

PHILIPPE.

Tu voudrois t'opposer à mes ressentimens:
E'tes vous contre moy tous deux d'accord ensemble?

PERSE'E.

Le danger de perir m'est commun avec vous.
Laissez regner mon frere, & ma mort est certaine:
Je pourrois justement écoûter mon courroux;
Mais l'amour dans mon cœur est plus fort que la
    haine.

PHILIPPE.

'Ainſi ſans me vanger tu me verras trahir?
Ah! mon fils, ſi tu m'es fidelle,
Vange nous, il faut le haïr.

PERSE'E.

C'eſt mon frere.

PHILIPPE.

N'importe.

PERSE'E.

O rigueur trop cruelle!

PHILIPPE.

Je le veux.

PERSE'E.

Faut-il obeïr?

TOUS DEUX.

Uniſſons nôtre colere,
Vangeons nous en liberté.

Ingrat, je ne suis plus ton } Pere:
} Frere:
Ressens la cruauté
D'un amour irrité.

SCENE IV.

LA PYTHIE, PHILIPPE.
PERSE'E, CHOEUR *de Courtisans.*

CHOEUR.

Dans cette fatale journée,
Consultons Apollon sur nôtre destinée.

LA PYTHIE.

Un Dieu va paraître en ces lieux :
Tremblez mortels en sa presence.

CHOEUR.

Nous respectons vôtre puissance :
O Apollon, le plus sage des Dieux !

LA PYTHIE.

O vous, qui penetrez les plus cachez mysteres,
Dieu qui voyez le fort des Peuples & des Rois :
Faites-moy part de vos lumieres :
Apollon, parlez par ma voix !

CHŒUR.

Tirez nous d'incertitude,
Nous avons recours à vous :
Calmez nôtre inquiétude,
Apollon instruisez nous !

LA PYTHIE.

Ah ! je sens un feu qui m'agite :
Une sainte fureur
S'empare de mon cœur.
Que de tristes objets ! je me sens interdite :
Prince vôtre destin se presente à mes yeux.
C'est vôtre propre sang qui vous livre la guerre.
Arrête, arrête audacieux :
Crains du Ciel irrité le foudroyant tonnerre !
L'innocent que tu pers sera vangé des Dieux.
Ah ! pere infortuné que ton sort est à plaindre !
Ce que tu crois le plus à craindre,
Est le moindre de tes malheurs.

D

PETIT CHOEUR.

Quel arrest juste Ciel

GRAND CHOEUR.

O mortelles douleurs !

PHILIPPE.

Je n'en puis plus douter, Oüy, Gardes, qu'on l'arrete;
Demetrius, mon fils... Lâche tu periras! [*Il fort.*

GRAND CHOEUR.

Retenèz la tempête!
Grands Dieux, ne vous accablez pas !

Fin du troisième Intermede.

IV. INTERMEDE.

DEMETRIVS chargé de chaînes paraît accompagné de Philotas. Ce jeune Prince fils du Roy des Thraces , avoit fait une étroite liaison avec Demetrius lors qu'il faisoit la guerre dans son pays. Pendant qu'ils se disent tout ce que l'amitié la plus tendre peut inspirer dans cette occasion ; le Roy envoye aussi des fers à Philotas , qu'on accusoit d'avoir engagé Demetrius à faire la paix avec les Thraces , sans l'ordre de Philippe. Persée vient ensuite leur offrir du secours dans leur malheur ; mais eux , qui sçavent qu'il en est la premiere cause , le quittent aprés plusieurs reproches. Il prend la resolution de les perdre tous deux.

SCENE PREMIERE.

DEMETRIUS enchaîné.
PHILOTAS.

TOUS DEUX.

O Fortune cruelle !
O sort rigoureux !
Nous nous étions flattez qu'une amitié si belle,
Seroit eternelle.
Faut-il rompre de si doux nœuds ?
O sort rigoureux !
O fortune cruelle !

PHILOTAS.

Sans vôtre genereux amour,
Du soldat ennemy, j'eusse été la Victime.
Tout vôtre crime
C'est de m'avoir sauvé le jour.

DEMETRIUS.

De haine & de fureur mon ame estoit seduite :
Vous appaisâtes dans mon cœur

La haine & la fureur.
Je fus touché de voir tant de merite
Avec tant de malheur.

PHILOTAS.

Malgré la colere & la rage
Que m'infpiroit alors l'afpect de mon Vainqueur,
Je fus gagné de voir tant de douceur
Avec tant de courage.

DEMETRIUS.

La vertu nous unit tous deux.

TOUS DEUX.

Nous jurâmes déslors qu'une amitié fi belle,
Seroit eternelle.
Faut-il rompre de fi doux nœuds?
O fort rigoureux!
O fortune cruelle !

PHILOTAS.

Je verrois mon liberateur
Chargé d'une indigne chaîne?
Je dois finir vôtre peine,
Puifque j'en fuis l'autheur.

D iij

DEMETRIUS.

Laiſſez moy , laiſſez moy, mes tourmens ont des
　　charmes :
Vous vivez, c'eſt aſſez ; je ne crains plus la mort.

PHILOTAS.

Ah ! ne me donnez point ces mortelles allarmes !
Je ſoûtiendray tout ſeul les rigueurs de mon ſort.
　　　　Quand on voit pour ſoy ce qu'on aime
　　　　　　S'expoſer à mourir ;
　　　Ce ſeroit une honte extreme,
　　　　　　De pouvoir le ſouffrir.

DEMETRIUS.

　　Quand on ſouffre pour ce qu'on aime,
　　　　Il eſt doux de ſouffrir.
　　　Mais lors que l'amour eſt extréme :
　　　Il eſt doux méme de mourir.

PHILOTAS.

J'ay merité la mort, je dois perdre la vie.

DEMETRIUS.

Si je la pers pour vous, je ſuis digne d'envie.

PHILOTAS.

Si vous mourriez pour moy, je mourrois aprés vous.

DEMETRIUS.

Mourir pour mon amy, que mon sort seroit doux !

PHILOTAS.

Sortez d'un cruel esclavage.

DEMETRIUS.

J'estime trop des fers où l'amitié m'engage.

TOUS DEUX.

Vivez, le plus cher de mes vœux,
Est de mourir, & de vous rendre heureux.

SCENE II.

DEMETRIUS. PHILOTAS. ANTIPATER.

ANTIPATER.

LE Roy protege l'innocence;
Il est de la vertu le plus solide appuy :
          Mais sa juste vengeance,
E'clatte contre ceux qui s'attaquent à luy.
      Ces fers vous apprendront le reste ; *(parlant à*
Prince, je vous garde en ces lieux. *(Philotas*

DEMETRIUS, & PHILOTAS.

O Dieux ! ô justes Dieux !

PHILOTAS.

Heureux moment !

DEMETRIUS.

Moment funeste !

PHILOTAS.

PHILOTAS.

Prenez part à mon bonheur.

DEMETRIUS.

N'irritez point ma douleur.

PHILOTAS.

Que ne puisje en portant ces chaînes,
Faire cesser vos peines !

DEMETRIUS.

Ne parlez plus de mes tourmens :
Le coup impitoyable,
Qui vous accable
Est l'unique coup que je sens.

TOUS DEUX.

Qu'une amitié tendre & fidelle
A de douceurs !
Mais quand la fortune cruelle
Y mêle ses rigueurs,
Qu'il en coûte de pleurs !

E

SCENE III.

PERSE'E. DEMETRIUS. PHILOTAS. ANTIPATER.

PERSE'E.

JE viens vous offrir ma puissance ;
  Tout suit mes ordres en ces lieux.
Parlez ; vous gardez le silence !
Un si puissant secours vous est-il odieux ?

DEMETRIUS.

'A vôtre trahison joindre encor un outrage ?

PHILOTAS.

Insulter à des maux que vous avez causez ?

PERSE'E.

C'est à tort que vous m'accusez.

DEMETRIUS, & PHILOTAS.

Perfide, achevez vôtre ouvrage :

Mais joignez à la cruauté
Un peu plus de sincerité.

PERSE'E.

Qui s'offre à vous sauver doit il vous faire ombrage?
Ecoûtez un moment . . .

DEMETRIUS, & PHILOTAS.

Ne suivez point nos pas.

PERS'EE.

Vous fuyez . . .

DEMETRIUS, & PHILOTAS.

Nous allons où vous ne serez pas. [*Ils sortent.*

PERSE'E *seul.*

Malgré le coup qui les opprime;
Jusques dans leurs malheurs qu'ils sçachent me
braver !
Mais non, de ma fureur ils seront la victime.
Je ne puis plus cacher mon crime;
Tâchons au moins de l'achever.

Fin du quatriéme Intermede.

V. INTERMEDE.

PERSÉE *sollicite son pere à hâter la mort de Demetrius. Vn soûlévement du peuple qui veut forcer les prisons acheve de le determiner. Il condamne Demetrius, & envoye Persée pour appaiser le tumulte. Il s'en répent trop tard, quand on luy rapporte, qu'au lieu d'appaiser les mutins, ce traître s'est mis à leur teste; & qu'en fuyant il a declaré l'innocence de son frere. On ne pense plus qu'à sauver Demetrius; mais le poison a déja fait son effet, & il paraît mourant entre les bras des soldats. Philotas vient au même temps, qui s'étoit percé de son épée, ayant appris la condamnation de son amy. Ils meurent aprés s'être dit les derniers adieux. Philippe sort en fureur, déterminé de se vanger sur Persée l'autheur de tant de malheur.*

SCENE PREMIERE.

PHILIPPE. PERSE'E.

CHOEUR *de Peuples qu'on entend &*
qu'on ne voit point.

PERSE'E.

N'Eɴ doutez point, Seigneur, le peuple & les
     soldats ,
S'ils peuvent l'empêcher, ne le souffriront pas.
    Mais une prompte & secrette vangeance,
Contre tous leurs efforts vous met en assurance.

PHILIPPE.

Que ne puis-je un moment t'ouvrir mon triste cœur!
Je le sens combattu d'amour & de colere :
    Mais, quoy ? le doux nom de pere
    Rend toûjours l'amour vainqueur.

PERSE'E.

Délivrez vous de l'aveugle tendresse,
    Qui vous fait cherir des ingrats.

D iij

DEMETRIUS

Ah ! c'eſt une étrange foibleſſe ,
D'aimer qui ne vous aime pas.

C H OE U R.

qu'on entend & qu'on ne voit point.

Que tout céde
A nôtre fureur.
Que tout ſente l'horreur
De la rage qui nous poſſede.

P H I L I P P E.

Dieux ! qu'entens-je ?

C H OE U R.

Sauvons nôtre liberateur
Frappons, briſons, brûlons ; que rien ne nous arrête.
Que rien n'échape à la tempête.
Délivrons nôtre protecteur.

P H I L I P P E.

N'eſperez point ſauver un traître :
Gardes, qu'on le faſſe mourir.

C H OE U R.

Rompons les fers de nôtre maître,
Il faut l'emporter ou perir.

PHILIPPE.

Ah ! j'entens le trouble,
Qui redouble !
Allez, Persée, allez deffendez nous ⌐ *Persée*
De leur redoutable courroux. ⌊ *sort.*

CHOEUR.

Que tout cede, *&c.*

SCENE II.

PHILIPPE *seul.*

PEre cruel, helas ! que viens-je d'ordonner !
Qu'ai-je dit ? mon fils meurt : j'ay pû le con-
damner ?

Mais pourquoy regretter une juste vengeance :
N'ay-je point assez combattu ?

Amour, trop tendre amour, malgré ma resistance,
Tu triomphes de ma vertu !

SCENE III.

PHILIPPE, UN GARDE.

GARDE.

Seigneur ...

PHILIPPE.

Parle.

GARDE.

Seigneur, Persée...

PHILIPPE.

Ah ! que viens-tu m'apprendre!

GARDE.

A revolté l'armée.
Demetrius est innocent:
Persée avoit tout fait pour le rendre coupable ;
Luy-même a declaré son crime détestable.

PHILIPPE.

PHILIPPE.

O Dieux ! secourez nous dans ce besoin pressant !
Sauvons Demetrius, & perdons un rebelle.
Allons... Mais qu'apperçois-je ? ô destin rigoureux !

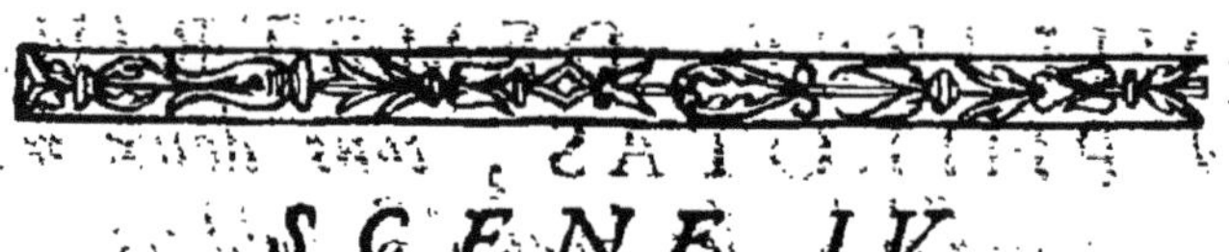

SCÈNE IV.

PHILIPPE. DEMETRIUS
mourant entre les bras des Soldats.
GARDES.

DEMETRIUS.

NE versez point de pleurs. Puisque je meurs
    fidelle,
    Ma mort ne peut être que belle.
Mais sauvez Philotas : je mourray trop heureux,
    S'il vit content.

PHILIPPE.

            Vivez tous deux.

DEMETRIUS.

Je vivray dans celuy que j'aime.

F

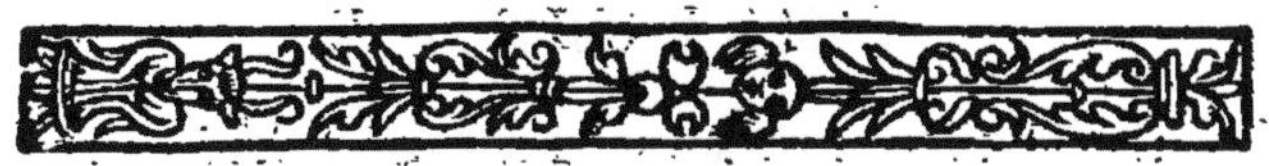

SCENE V.

PHILIPPE, DEMETRIUS, & PHILOTAS, *tous deux mourans entre les bras des Soldats.*

GARDES.

PHILIPPE.

AH ! quel nouveau malheur !

GARDE.

J'ay tâché vainement d'arrêter sa fureur
Contre tous mes efforts, il s'est percé luy-même.

PHILOTAS.

Differez, cher amy, differez un moment,
Que je meure avec vous.

DEMETRIUS.

Songez plûtôt à vivre.

PHILOTAS.

Vous mourrez : je songe à vous suivre.
Vivre sans vous, helas ! quel plus cruel tourment ?

DEMETRIUS.

Je me flattois de l'esperance,
De vous voir en mourant joüir d'un sort plus doux.

PHILOTAS.

Une juste reconnoissance
M'oblige à mourir avec vous.

TOUS DEUX.

Trop heureux, que rien ne separe
Une amitié si rare !

PHILOTAS.

Je me sens affoiblir.

DEMETRIUS.

Tout tourne dans ce lieu.

F ij

PHILOTAS.

Cher amy !

DEMETRIUS.

Philotas !

TOUS DEUX.

Adieu.

PHILIPPE.

Ils expirent. Allons, pourſuivons un perfide,
Vengeons, vengeons des innocens.
Secondez-moy Dieux tout puiſſans !
Pourſuivez, juſtes Dieux, un cruel parricide :
De malheur en malheur, conduiſez tous ſes pas :
Accablez cét ingrat, & ne m'épârgnez pas.

Fin du cinquiéme Intermede.

DERNIER INTERMEDE.

LE Peuple par ses pleurs & par ses regrets témoigne la douleur qu'il ressent de la perte de son liberateur. Aprés avoir satisfait à ce premier devoir, on commence une feste, qui doit se renouveller tous les ans à l'honneur de Demetrius.

TROUPE de Peuple.

Pleurons, pleurons tous,
Qu'il coule de nos yeux une source de larmes.

TROIS PERSONNES du Peuple.

Sous un tel protecteur nous vivions sans allarmes :
Destins vous étiez jaloux
De nous voir heureux sans vous !

TROIS AUTRES PERSONNES.

Pleurons, pleurons tous.

F iij

UNE PERSONNE SEULE.

On ne peut trop pleurer un bien si plain de charmes.

TROIS PERSONNES.

Pleurons , pleurons tous
La perte d'un bien si doux.

UNE PERSONNE SEULE.

Qu'elle injustice !
Qu'elle fureur ! quel horrible caprice !
Dieux cruels , n'êtes vous puissans ,
Que pour perdre des innocens ?

TOUS ENSEMBLE.

Pleurons, pleurons tous :
Qu'il coule de nos yeux une source de larmes.
Pleurons , pleurons tous
La perte d'nn bien si doux.

UNE PERSONNE SEULE.

Malgré les rigoureux arrêts
Du destin jaloux de sa gloire :
Les Siecles à venir en auront la memoire.
Son grand nom ne mourra jamais ,
Malgré les rigoureux arrêts
Du destin jaloux de sa gloire.

GRAND CHOEUR.

Malgré les rigoureux arrêts
Du deftin jaloux de fa gloire ;
Les Siecles à venir en auront la memoire :
Son grand nom ne mourra jamais.

DEUX PERSONNES.

Que chacun de nous s'empreffe ,
Pour l'autheur de fon repos.
Mettons-le au nombre des Heros ,
Que l'on honore dans la Grece.

UNE PERSONNE SEULE.

Ceffons de pleurer & de plaindre
Son funefte malheur.
Baniffons la douleur :
La mort pour les Heros n'eft point un mal à
craindre.

CHOEUR.

Baniffons la douleur :
La mort pour les Heros n'eft point un mal à
craindre.

DEUX PERSONNES.

Faifons à fon honneur des Feftes & des Jeux;

Tous les ans qu'on les renouvelle :
Prefentons-luy nos vœux :
Que fa gloire foit eternelle.

GRAND CHOEUR.

Que fa gloire foit eternelle :
Et que par un deftin plus beau,
Il triomphe jufqu'au tombeau.

Fin du dernier Intermede.

Permis d'imprimer. Fait ce   Février 1685.
Signé,   DE LA REYNIE.

La *Mufique* eft de la *Compofition* de MONSIEUR
OUDOT,